Franklin va a la escuela

Franklin is a trade mark of Kids Can Press Ltd.

Spanish translation copyright © 1998 by Lectorum Publications, Inc.
Originally published in English under the title Franklin Goes to School
Text copyright © 1995 by P.B. Creations, Inc.
Illustrations copyright © 1995 by Brenda Clark Illustrator, Inc.

Published by permission of Kids Can Press Ltd., Toronto, Canada.

1-880507-41-2

Printed in Hong Kong

10 9 8 7 6 5 4 3 2 1

Library of Congress Cataloging-in-Publication Data

Bourgeois, Paulette.
    [Franklin goes to school. Spanish]
    Franklin va a la escuela / Paulette Bourgeois ; ilustrado por
Brenda Clark ; traducido por Alejandra López Varela.
        p.   cm.
    Summary: On the first day of school, Franklin is a little nervous,
but his teacher, Mr. Owl, knows just what to do.
    ISBN 1-880507-41-2 (pbk.)
    [1. First day of school–Fiction.   2. Schools–Fiction.
    3. Turtles–Fiction. 4. Animals–Fiction. 5. Spanish language materials.]
    I. Clark, Brenda, ill. II. López Varela, Alejandra. III. Title.
    [PZ73. B643 1998]   98-1716
    [E]–dc21   CIP
                                                                   AC

Franklin va a la escuela

Por Paulette Bourgeois
Ilustrado por Brenda Clark
Traducido por Alejandra López Varela

Lectorum Publications, Inc.

FRANKLIN podía contar de dos en dos y atarse
los cordones de los zapatos. Sabía subirse y bajarse
el zíper y abrocharse los botones de la chaqueta.
Sin embargo, Franklin estaba preocupado
porque iba a ir a la escuela por primera vez.

Franklin se levantó con el primer rayo de sol.

—Hoy voy a la escuela por primera vez —le dijo
a Doradito, su pez.

Franklin metió en su nuevo estuche una regla,
un lápiz, una goma de borrar y doce lápices
de colores que él mismo había afilado.

Luego, fue a despertar a sus papás.

—Apúrense —les dijo—. No puedo llegar tarde a la escuela.

Su mamá miró el reloj y le dijo sonriendo:

—Franklin, es tan temprano que ni siquiera el maestro se ha despertado.

—Debes estar muy nervioso —le dijo su papá.

Franklin asintió con la cabeza.

Era tan temprano que tuvieron tiempo
para preparar un buen desayuno.

—Necesitarás tener la barriguita llena para
poder estudiar en la escuela —le dijo su papá.

Franklin no tenía hambre.

—Tengo la barriga llena —dijo—. Me siento como
si la tuviera llena de ranas saltarinas.

Su mamá lo abrazó.

—Yo me sentí igual el primer día que fui a la
escuela, pero enseguida se me pasó —le dijo ella.

Franklin comió algo y revisó dos veces su bolsa.
Por fin llegó la hora de ir a la escuela.

De camino a la parada del autobús,
Franklin se llevó una mano a la barriga.

—No quiero ir —dijo.

El papá de Franklin lo abrazó.

—Yo también me sentí así cuando empecé a ir
a la escuela —dijo—. Mira, todos tus amigos
están esperando el autobús.

Había mucha gente en la parada. Había hermanos y hermanas, papás y mamás.

Castor llevaba su libro favorito.

—Ya puedo leerlo —dijo.

—¿Todo? —le preguntó Oso.

—Sí —respondió orgulloso.

Franklin volvió a tocarse la barriga.

Conejo sacó su nuevo cuaderno.

—Mi hermana mayor me enseñó a escribir los números —dijo.

—¿Todos? —preguntó Zorro.

—Casi todos —dijo Conejo, dándose importancia.

Franklin miró a su mamá y le dijo:

—Quiero irme a casa.

—Vendremos a buscarte cuando salgas de la escuela y nos contarás todo lo que has hecho hoy —le dijo su mamá.

Cuando el autobús llegó, Conejo tomó de la mano a su hermana y subió.

Oso estuvo un rato diciendo adiós antes de subir al autobús.

Franklin abrazó a su mamá, luego a su papá. Continuó abrazándolos aun cuando todos sus amigos ya se habían sentado.

Cuando el autobús se puso en marcha, Franklin miró por la ventanilla. No estaba seguro de que quería ir a la escuela.

—¿Gritará el maestro? —preguntó Conejo, que se asustaba de cualquier ruido fuerte.

—¿Habrá cuarto de baño en la escuela? —preguntó Castor, sin dejar de moverse.

—Espero que a alguien le sobre la merienda —dijo Oso, que ya se había comido la suya.

Franklin no dijo nada. El recorrido del autobús le pareció muy, muy largo.

Cuando llegaron, el maestro los esperaba.

El señor Búho los saludó amablemente. Les mostró dónde colgar los abrigos y dónde sentarse. También les enseñó dónde estaba el baño y les ofreció una fruta a cada uno.

Luego, Castor y Oso se pusieron a leer y a escribir. Conejo fue a jugar en la cocinita, pero Franklin se quedó en su sitio.

—¿Qué te gustaría hacer hoy? —le preguntó
el señor Búho.

—No sé —dijo Franklin, tocándose la barriga—.
No me sé todos los números como Conejo.
Ni tampoco sé leer como Castor.

—Conejo y Castor aprenderán cosas nuevas
en la escuela, y tú también.

Franklin comenzó a dibujar en el cuaderno.

—Veo que eres un buen artista —le dijo
el maestro.

Franklin se enderezó en su asiento.

—Sé el nombre de todos los colores —dijo.

—¿Qué color es éste? —le preguntó el señor Búho, sosteniendo un lápiz en la mano.

—Es un azul especial —dijo Franklin—. Se llama turquesa.

—Ves, ya me has enseñado algo tú a *mí* —dijo el señor Búho—. ¿Hay algo especial que te gustaría aprender a *ti?*

Franklin quería aprender tantas cosas que no le fue fácil decidirse.

Al final, le pidió al señor Búho que lo ayudara a leer su libro favorito.

Franklin construyó un edificio con bloques.

Jugó a ser cajero en la tienda
de la clase y después hizo cuatro
dibujos: Uno para él, otro para
el maestro y otros dos para sus
papás.

Fue un día maravilloso.

De regreso a casa, Franklin se sentó en la parte de atrás del autobús y fue dando saltos durante todo el trayecto. Se estaba divirtiendo tanto, que casi se le olvidó bajarse en su parada.

Sus papás lo estaban esperando.

—¿Cómo está tu barriga? —le preguntaron.

Franklin se sorprendió con la pregunta. Lo había pasado tan bien que se había olvidado de su dolor de estómago.

—¡Lo que está es vacía! —dijo Franklin.

—Ya verás como se te pasará pronto —le respondió su papá.

—Hice esto especialmente para ti —le dijo su mamá.
Le había hecho un delicioso pastel de moscas.

—Y yo les hice esto —dijo Franklin, dándoles los
dibujos que les había hecho, y dos grandes abrazos.